Titelbild:

Es zeigt Bad Ems um 1865.

Bekannt als Heil – und Thermalbad (Bronchien, Kehlkopf, Luftröhre) und berühmt geworden durch die Emser Depesche vom 13.7.1870.

Hierin lehnte Wilhelm I. die Forderung von Napoleon III. ab, daß der Prinz Leopold von Hohenzollern auf die spanische Thronkandidatur verzichten möge. Bismarck verschärfte in einem veröffentlichten Telegramm durch Kürzung des Inhalts bewußt die Form und veranlaßte damit die Kriegserklärung Frankreichs an Preußen, welche zu dem deutsch - französischen Krieg von 1870/71 führte.

Horst Heine

Kurze Geschichten

Teil 8

Vorwort

Im Herzen bin ich froh,

konnt´ ich doch die Kindheit erleben!

Mit der Zeit jedoch vertrocknete das Hirn zu Stroh,

konnt´ deshalb nie nach Höherem streben!

Meckelfeld, den 6. September 2011						Horst Heine

Alle Rechte liegen beim Autor!

Herstellung und Verlag: BoD - Books on Demand, Norderstedt

August 2014

ISBN 978-3-7357-2936-1

Inhalt

Eine simple Bewerbung	11
Der Schönheitswettbewerb	13
Wochenblatt für Sonntag, den 17.9.95	16
Der Hund und der Stock	24
Der hellste Stern am Himmel	25
Gefühle	26
Abschied	27
Ihr Einkauf	28
Abholung	35
Recht und Unrecht	43
Glück und Können	48
Das Verlöbnis	49
Ein Weihnachtsbaum erzählt	50
Reise in die Ewigkeit	52
In das Alter gekommen	59
Lachen in der Hasenschule	62
Aufgeschnappt	65
Freude	67
Ein Geschenk	68
Hallo Kleiner!	69

Eine simple Bewerbung

Meine Herren,

seien Sie hiermit herzlich gegrüßt! Entschuldigen Sie mich aber auch, daß ich Sie mit diesem Schreiben konfrontiere! Habe nämlich wirklich nicht die Absicht, Ihre Gedanken in puncto betrieblicher Fürsorge zu belasten! Doch mein heutiges Anliegen läßt sich nun mal aus meiner Sicht eines laufenden Vertrags nicht weiter aufschieben; und zwar aus folgenden Gründen:

Zum ersten Punkt möchte ich mich für eine weitere Verwendung in Ihrer Firma empfehlen und somit auf eine Vertragsverlängerung plädieren! Die Dauer dieser Weiterbeschäftigung lege ich getrost in Ihre Hände!

Zum Anderen habe ich leider ein heikles Thema an Sie zu richten – die Erhöhung meines Entgelts! Wobei ich jedoch freudig dem Resultat Ihrer Überlegungen entgegen blicke! Denn es ist mir schon bewußt, wie ein jeder Kaufmann rechnen muß! Doch ist Ihnen ja das Preis – Leistungs – Verhältnis nicht fremd! Und diese Leistung, die ich Ihnen in bekannter Qualität anbiete, würde darin in gleichwertiger Resonanz stehen!

Ohne Ihnen phantasievolle Bilder über mich auszubreiten, versichere ich Ihnen, daß mein geistiger, wie körperlicher Gesundheitszustand es erlauben, auch fernerhin jegliche Belastungen in der modernen Geschäftswelt auf mich zu nehmen!. So kann ich nicht nur die an mich geforderten Bedingungen erfüllen, sondern auch meinen ungebrochenen Optimismus konservieren!

Verbleiben wir also mit den besten Voraussetzungen für eine fruchtbare und harmonische Zusammenarbeit – in Freude und mit Respekt!

⌘⌘⌘

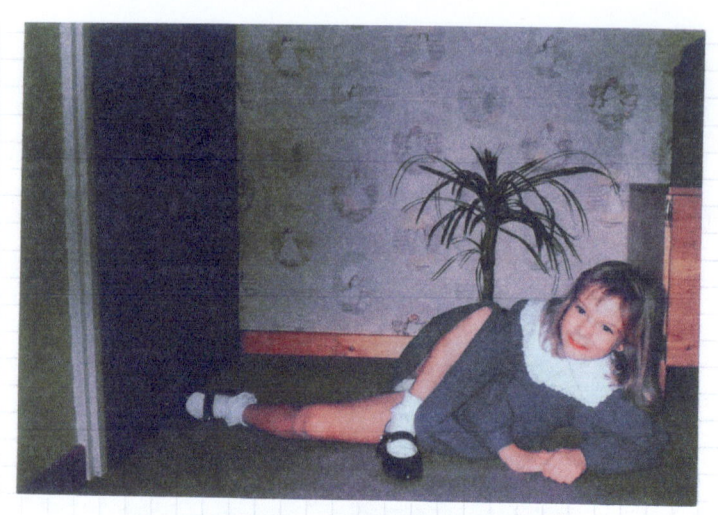

12

Der Schönheitswettbewerb

Es waren einmal zwei Mädchen, die hießen Tanja und Sandra. Sie lebten beide in einem kleinen Haus in der Nähe von Düsseldorf; nämlich im Dorf Reklame.

Eines Tages lasen sie in der Zeitung, daß ein Schönheitswettbewerb in ihrem „Kaff" stattfinden sollte. Dazu brauchte man nur ein Foto zum „Dorftrottel" schicken und man nahm an der Preisverleihung teil.

„Wie? Was? Wann ist das?"

So fragte die 7 – jährige Tanja.

„Am 31. Januar 1994!"

So antwortete die 11 – jährige Sandra.

„Wollen wir da mitmachen?"

„Na klar doch!"

„Oh je, oh je, wie sollen wir das noch alles schaffen?"

„Na, zum Friseur müssen wir! Du kannst doch mit Deinem Pilzkopf nicht zum Fotograf gehen! Und Deine schwarze Schürze! Nein, nein! Wir müssen einkaufen gehen und, und, und ..... !"

Sie lackierten sich, putzten sich, wurden „gestriegelt" wie Pfingstochsen, kauften ein -- von der Socke bis zur Haarnadel -- um wie ein paar süße Prinzessinnen vor dem nervösen Fotograf zu stehen.

Tage später. Es klingelt. Beide rennen zur Tür; und was sehen sie?

Viele Menschen stehen dort. Reporter, Fotografen und der hübsche Postbote Toni. Alle rufen sie ganz laut:

„Wir gratulieren Euch zum 1. Preis
im Schönheitswettbewerb!"

Und Beide bekamen sie dafür einen Pokal.

E N D E !!!

⌘⌘⌘

Januar 1994   Geschrieben von der 11 - jährigen Sandra Dietschmann

WOCHENBLATT
für Sonntag, den 17.9.95

WETTER

POLITIK

RÄTSEL

SPORT

UNFÄLLE

TIPS

Der Ballonwettkampf

Gestern war auf dem Sportplatz in Borstel ein großer Ballonwettbewerb. 22 Ballons mit jeweils 2 Passagieren sind um 17.00 Uhr gestartet. Gewonnen haben Herr und Frau Brubru.
1. Preis war ein Pokal und 100 DM
2.-10. Preis gab es ein Gutschein für einmal eine Ballonfahrt. 11.-22. Preis gab es eine Flasche Sekt und einen Fresskorb.
Natürlich hat jeder auch eine Urkunde bekommen.

Heute, 16. September
Abend

Stade 12,5°C

Kiel 17°C

Hannover 15°C

Berlin 22°C

Hamburg ?°C

Rostock 10°C

18

Das Volleyballturnier

Am Freitag den 12.07.95 fand in Bremerhafen ein Freiluftturnier statt an dem auch MTV Borstel - Sangenstedt und TSV Auetal teilnahmen (und noch viele mehr). Den 1. Platz belegte der MTV Borstel - Sangenstedt, den 2. Platz der Ottoversant, und den 3. Platz der TSV Auetal.
Endlich hatten die Borstler den Auetalern mal richtig eins ausgewischt.   SD

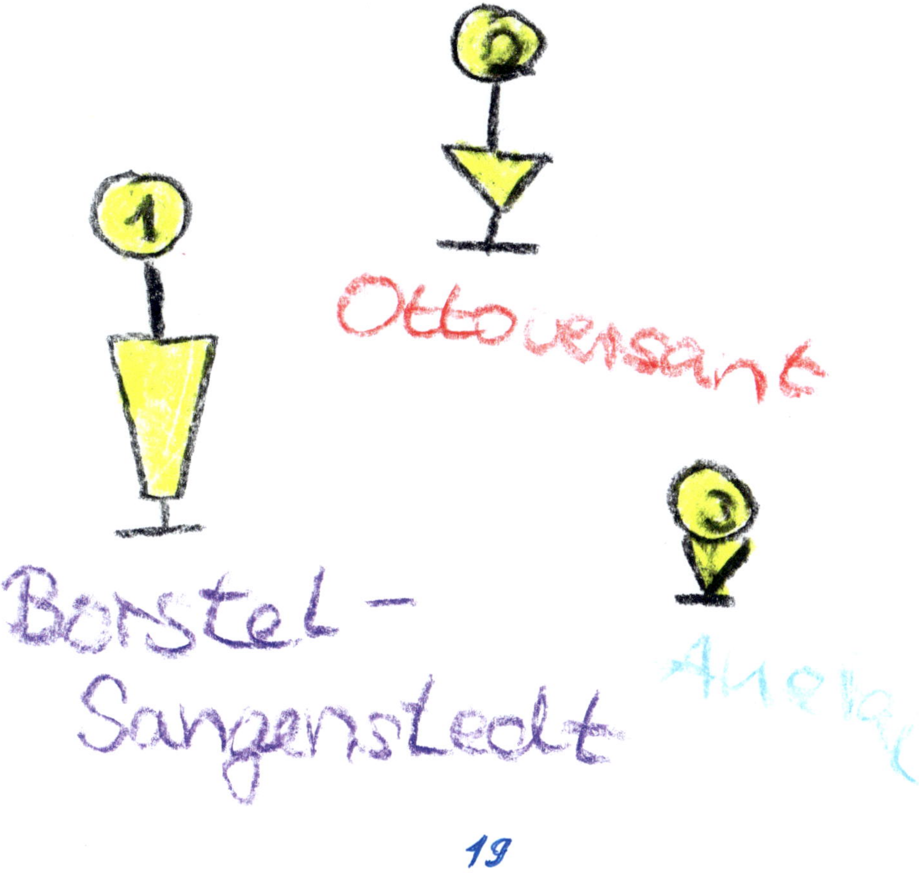

Der Unfall

Auf der B4 ist gestern ein Auto mit 120 Sachen auf einen Baum zu gefahren.
Es gibt 3 Verletzte und 1 Toten.
Der Fahrer war leicht angetrunken, aber angetrunken genug um einen Unfall zu bauen. Wir wissen noch nichts genaues.

Helmut Kohl krank ?!

Helmut Kohl liegt mit eine Grippe im Bett und kann an dem großen Treffen der Kanzler nicht teilnehmen.
Er liegt schon seit 3 Wochen flach im Bett. Der Arzt meint das es noch 1 1/2 Wochen dauern, wird weil die Grippe sehr stark ist.

Elefant ferschwunden.

Ein Elefant aus dem Zoo ausgebükst. Er sit so aus: Grau und blaue Augen. Er hört auf den Namen Bimbo. Die Belohnung für den seltenen Elefant beträgt 4.500 DM, da er noch nicht so groß ist 1,52 Stockm . Wir bitten sie um ihre beteidigung beim suchen. Wenn sie ihn gesehen haben melden sie es bitte der Polizei.

Zirkus

Der Arena Zirkus ist in Winsen mit hunderten von Aktrationen und neuen schönen Zirkus Vorstellungen. Eine Erwachsenkarte kostet 10 DM, Kinderkarten die Hälfte

T.D.

Kino neu eröffnet

In Borstel wurde ~~ein~~ gestern das neue Kino eröffnet es laufen dort Täglich 3-5 Filme.

Kino 1: Casper um 17.45 und 19.00 Uhr
Kino 2: Während Du schliefst um 19.30 und 20.00 Uhr
Kino 3 :1001 Dalmatina um 14.00 und 18.10 Uhr
Kino 4: Speed um 22.00 Uhr
Kino 5: Free Willy 2 um 14.00 und 16.00 und 18.45 Uhr

September 1995   Gemalt und beschrieben von Tanja Dietschmann

Der Hund und der Stock

Es war einmal ein Hund. Der hieß Benny. Er war ein fünf Jahre alter Golden – Retriever und gut erzogen.

An einem Samstagmittag fuhren wir mit Benny an den Radbrucher See. Als wir dort angekommen waren, fiel von einem großen Baum ein Ast herunter und unser Benny lief sofort hin.

Er schnüffelte wie wild an dem Stock, so daß wir dachten, da wäre etwas dran. Jedoch stellten wir nichts dergleichen fest. Daraufhin warf Papa den Stock ins Wasser; aber Benny rannte hinterher. Da dieser aber von jeher ein guter Schwimmer war, brauchten wir uns keine Ängste um ihn machen.

Und richtig; Benny hatte den Stock zurück an Land gebracht. Wie es bei den Hunden so üblich ist, so schüttelte Jener sich auch. Dabei fiel das „gerettete" Holz auf die Erde und zerbrach in zwei Hälften. Plötzlich blinkte und leuchtete es grell aus ihnen heraus – pures Gold erschien und „kullerte" auf den Strand.

Die Menschen liefen zusammen, guckten auf den Schatz und riefen ganz aufgeregt:" Schaut mal, der Hund hat doch tatsächlich Gold gefunden!"

Nun war unser Benny nicht nur der reichste; oh nein; nachdem so viele Reporter ihn Tage später fotografierten und ihn in die Zeitung bringen wollten, war er auch der glücklichste Hund der Welt.

⌘⌘⌘

Geschrieben von Sandra Dietschmann

Der hellste Stern am Himmel

Du bist für mich der hellste Stern am Himmel, der immer für mich leuchten wird.
Wenn ich hinauf schaue und ihn sehe, habe ich das Gefühl, daß Du noch
lebst – noch bei mir bist.
Als Du gegangen warst, hast Du einen großen Teil meines Herzens mitgenommen.
Es tut so weh, es ging so schnell!
Jetzt habe ich Schmerzen, wenn ich an Dich denke oder ein Foto von Dir sehe.
Tränen rollen über meine Wangen, wenn ich an die schöne Zeit mit Dir denke.
Ich konnte mir ein Leben ohne Dich nie vorstellen. Doch jetzt muß ich es leider, denn Du bist von mir gegangen und konntest Dich nicht einmal verabschieden.
Ich hätte gerne Lebewohl gesagt, doch dazu fehlte mir die Kraft.
Ich hoffe, Dein Stern wird immer für mich leuchten. Brauche ich ihn doch, um zu wissen, daß Du für mich da bist.

Benny, ich vermisse Dich!

Du wirst immer in meinem Herzen bleiben!

In guter Erinnerung!

Deine Sandra

⌘⌘⌘

Gefühle

Sie hat zur Zeit immer ein Lächeln auf den Lippen.
Sie strahlt Freude aus; wirkt glücklich.
Und daran ist nur er schuld.

Er hat ihr den Kopf verdreht.
Bei jedem Gedanken an ihn scheinen sich ihre Gefühle zu überschlagen
und die Schmetterlinge scheinen in ihrem Bauch verrückt zu spielen.

Dieses Gefühl ist so unbeschreiblich stark.
Als würde sie in einen Haufen Rosen fallen
und die Blüten sie weich auffangen.

Erlebt sie so die Liebe, Zärtlichkeit und Geborgenheit,
scheinen sich die Dornen in ihren Körper zu bohren
und den Schmerz in ihr erkennen; denn sie vermißt ihn doch sehr.

Sie hat dieses in solch einer Art noch nie so stark gespürt.
Nach Monaten ist sie wieder mal glücklich,
schwebt über dem Boden und sieht die Welt mit anderen Augen.

Sie kann sich auf nichts mehr richtig konzentrieren;
ist immer abgelenkt
und mit den Gedanken ganz woanders.

Ihre Gefühle hat sie längst nicht mehr im Griff,
kann sie nie aufhalten, nicht bremsen
und muß ihnen immer freien Lauf lassen.

Die sind einfach zu stark und drehen sich im Kreis.
Immer wieder, immer schneller und sie kommt nicht weiter.
Sie kann diesen Kreis ihrer Gefühle einfach nicht verlassen.

Mai 2002   Geschrieben von Sandra Dietschmann

Abschied

Wie so oft sitze ich an der Elbe, blicke gedankenverloren auf das Wasser.

Beobachte die Schiffe die vorbeifahren, die Vögel die dicht über der
Wasseroberfläche fliegen, die Wolken die vorüberziehen
und die Sonne die auf dem Wasser glitzert.

Ich schließe die Augen, höre das Wasser, die Vögel und den Wind.

Ich spüre die Wärme der Sonne auf meiner Haut, den Wind wie er über mein
Gesicht, meine Arme und meine Beine streicht,
den Sand unter meinen Füßen.

Doch seit einiger Zeit blicke ich verträumt und voller Gedanken auf die Elbe,
sehe alles um mich herum mit anderen Augen.

Ich beobachte, höre und spüre alles noch viel intensiver als je zuvor,
mit einem Lächeln auf meinen Lippen.

Die Sonne geht unter, es wird kühler, doch ich bin so in meine Träume
vertieft, das ich es kaum wahrnehme.

Irgendwann stehe ich auf, gehe zum Auto zurück. Es fällt mir schwer zu
gehen, schwer mich von all dem zu lösen. Denn ich träume gern,
habe gern diese Gedanken in meinem Kopf.

Ich blicke noch einmal zurück auf das Wasser, die untergehende Sonne,
die Vögel und die Wolken.
Ich habe das Gefühl etwas zu vermissen oder gar etwas verloren zu haben.
Der Abschied fällt mir schwer,
aber ich muß loslassen und gehen.

Juli 2007   Geschrieben von Sandra Dietschmann

Ihr Einkauf

„Brauchst Du noch lange?"

„Nein!"

„Na ja, ich meine ..... "

„Du, ich habe noch an etwas mehr zu denken, als nur herum zu stehen und ..... "

„Es ist nur so; Du wolltest doch schließlich unbedingt um Acht beim Kaufladen sein! Aber wir haben leider nur ein Auto und kein Hub ..... "

„Ach nee! So; nun steh mir nicht noch im Weg! Kannst ja schon die Einkaufskörbe einladen! Die habe ich schon aus dem Keller geholt!"

„Okay!"

Als ich die Treppe hinunter gehe, versperren sie mir als Hindernis den weiteren Weg und blocken meinen Tatendrang ab - zwei Körbe, zwei faltbare Kisten und zwei Taschen.

‚Ob ich das alles mitnehmen soll?'

Ich tue es, begebe mich ins Auto und warte.

Ich warte weiter, schalte das Radio ein und lausche dem Klang von Elvis Hit ‚I believe'. Als ich meine Beine zur Erleichterung ausstrecke, fällt mein Blick wie zufällig auf die Uhr. ‚Sechs Minuten! Ist aber noch nicht ihr Rekord, denn an dem fehlen immerhin glatte 10 Minuten!'

Da, na wer sagt´s denn. Wie von einer Geisterhand öffnet sich dann doch noch unsere Haustür. Tatsächlich, sie ist es. Meine Frau erscheint mit einer weiteren Tasche und eilt auf unser Auto zu. Hastig versucht sie die Beifahrertür zu öffnen; vergebens. Sie zieht und reißt am Griff, doch sie bleibt geschlossen. Ich höre das Gezeter selbst bei laufendem Motor. Schließlich unterstütze ich ihre Bemühungen von innen. Beinahe fliegt sie mir in die Arme:" Meine Güte, wie die Zeit vergeht! Nun wird es aber auch höchste Zeit! Hoffentlich habe ich nicht noch was vergessen! Eine Hektik ist das wieder!"

„Wo müssen wir denn überall hin?"

„Sag mal, Du hörst wohl überhaupt nicht zu! Das haben wir doch nun lang und breit besprochen!"

„Lang ist richtig; deswegen ja! In der Fülle der angesprochenen Häuser kann man es sich einfach nicht merken!"

„Ja, ich ahne es schon wieder; der Einkauf wird wieder sehr nervig! Wie immer! Nur dieses Mal machen wir den für <u>Deinen</u> Geburtstag! Also hör auf zu meckern!"

„Nicht nur! Auch für das Osterfest!"

„Ach, das ist der kleinste Teil! Das Meiste benötigen wir für die Party!"

„Party? Was für 'ne Party?"

„Na Deine doch!"

„Meine? Ich wollte absolut keine! Wer kommt denn alles?"

„Am Montag kommt die Familie zum Kaffee und Abendbrot zusammen und am Dienstag unsere Freunde zum Kaffee! Übrigens müssen wir als erstes zum Bäcker und den bestellten Kuchen abholen!"

„Oh Gott, diese Ostern werden bestimmt richtig anstrengend!"

„Es ist schließlich nicht <u>meine</u> Idee, wenn Dein Festtag genau auf einen Feiertag fällt! So, nun muß ich mich aber konzentrieren; sonst vergesse ich noch die Hälfte!"

„Nun brauchst Du aber nicht so rennen! Da komme ich nicht mit!"

„Schau mal, das Geschäft hat auch schon wieder geschlossen! Ein Vietnamese war drin!"

„So? Was hat der denn verkauft?"

„Na, ist doch logisch – asiatische Gerichte!"

„Ist ja Wahnsinn, was Du so weißt!"

„Ja, mein Lieber, man muß eben mal öfter einkaufen! Du gehst ja mit mir noch nicht einmal bummeln!"

‚Da war sie wieder – diese Kritik gegen meinen Hang zur Desinteresse für den Einkauf!'

Wartezeit beim Bäcker. Kein Wunder, was hier für ein Betrieb herrscht. Nebenbei läuft nämlich noch ein Coffee -- to -- go – Shop. Aber dann erscheint meine Frau mit einem großen Paket im Arm. Helfend gehe ich ihr mit ausgestreckten Armen entgegen; doch sie legt es selbst in den Einkaufswagen. Auf meinen erstaunten Blick hin antwortet sie schnell: „Wir müssen damit ganz vorsichtig umgehen – der Tortenstücke wegen!"

„Wo fangen wir an?"

„Beim Schlachter! Ich laufe schon einmal vor! Du kannst dann langsam hinterher kommen! Sieh, da ist im Moment keiner am Tresen!"

Und wie von einer Tarantel gestochen spurtet sie los.

‚Meine Güte, sie läuft ja! Und das mitten im Geschäft!'

Als ich ankomme, vernehme ich folgendes Gespräch zwischen Frau und Verkäuferin:" Darf `s noch mehr sein?"

„Ja, geben Sie mir bitte vom Braten und von Koch - und Lachsschinken je zwei Scheiben! Würden Sie mir dazu noch etwas Jüh legen? Danke schön! Wissen Sie, mein Mann ißt das so gerne!"

In die Erde hätte ich versinken mögen. Wird doch in aller Öffentlichkeit mein Geschmack kundgetan. Schon wandert das nächste Paket in den Wagen und ruckzuck ist meine Angebetete um die Ecke gewetzt. Also ich hinterher und sehe sie an der Kühltruhe stehen. Wiederholt greift sie hinein, wiegt den Abpack in ihrer Hand, schüttelt den Kopf und legt ihn daraufhin zurück in die Auslage. Mehrere Male sehe ich dem Prozedere zu, bis sie endlich nickt und zufrieden zwei mit Mett gefüllte Päckchen in den Händen behält.

„Wohin jetzt?"

Ein strafender Blick trifft mich und schon verschwindet die kleine Person flugs zwischen die Regale. Ich schreite hinterher, schaue in den Gang -- kein Mensch zu sehen; in den Nächsten – aha, eine Frau bückt sich dort gerade:" Kann ich Dir irgendwie behilflich sein?"

„Heh, was wollen Sie von mir? Haben Sie nichts anderes zu tun, als hier `rumzulabern? Puh, Typen gibt's – nee, nee!"

„Eh ....., oh `tschuldigung! Ich ....., eh, suche ....., nur ..... meine Frau!"

Nicht weit von mir höre ich sie fluchen:" Mist aber auch! Wo haben die denn das nun wieder hingepackt?"

Schnell verdrücke ich mich zu der Fragenden hin:" Mäusi, was ist?"

„Ach, hier haben sonst Creme sour und die Mayonnaise gestanden! Man ist nur am suchen – dabei hat man sowieso schon keine Zeit! Verstehe auch nicht, warum die jedes Mal die Ware umbauen! Aber sag mal, wo warst Du denn so lange?"

„Nebenan! Gesucht habe ich Dich!"

„Haha, wo soll ich denn sonst gewesen sein? Hier natürlich! Hallo, wach auf! Hilf mir lieber dabei die Sachen zu finden!"

Und dann sind zwei erwachsene Menschen voll in Aktion – mal hier an der Wand, mal dort in der Truhe nachsehend. Entscheidend wird dann meine Frage an eine vorbei huschende Verkäuferin:" Na klar, schauen Sie ganz einfach in der Käseabteilung nach! Die Truhen stehen aber nun quer vor den normalen Regalen! Da vorne! Sehen Sie?"

„Mäusi, hallo! Wo ist die denn jetzt nun wieder? Ein Mist; nun suche ich mittlerweile zwei Teile! Ach da läuft sie ja gerade! Hallooo! Genau, dort hinten! Ja genau!"

Endlich sind auch diese Teile im Einkaufswagen verstaut.

‚Auf, auf, Kamerad, der nächste Kampfabschnitt ist in Sicht! Aber wieso liegt der in der Gemüse – und Obstabteilung? Verstehe einer diese Frau! Auf jeden Fall ist sie bei diesem vielfältigen Angebot vollends mittendrin im Getümmel und somit in ihrem Element. Oh je, mir graust!'

„So! Na ja, das hätten wir also auch! Werde mir die einzelnen Positionen vorsichtshalber durchstreichen; dann habe ich einen besseren Überblick! Wenn Du grüne Weintrauben entdeckst, sage ..... , heh? Was machst Du denn nun?"

„Mich setzen!"

„Weshalb?"

„Bin froh, eine Möglichkeit gefunden zu haben! Wie es aussieht, scheint der Einkauf wohl in seiner schönsten Form zu geraten!"

„Nun stell Dich bloß nicht so an; wir sind gleich fertig!"

Ich warte. Erst bewundere ich ja noch ein wenig das vorgelegte Tempo meiner Frau, dann wiederum bin ich über diese vielschichtigen Notizen auf ihrem Zettel begeistert; bis sie mir durch den nie endenden Einkauf leid tut. Allein dieser Aufwand einer mir völlig unlogischen Vergeudung von Zeit, fernab jeglicher Realität; geschweige Verschwendung von den knapp bemessenen „Rentnergeldern".

War ich vorhin beim Auffinden einer Sitzgelegenheit begeistert, glaube ich nun, Quäsen am Hintern zu bekommen: ‚Steh auf, Alter, sonst wirst Du hier noch einrosten!'

„Kommst Du? Hast geträumt, ja?"

„Muß wohl! War weit weg!"

„Wo?"

„San Francisco! Sah gerade von der majestätischen „Golden Gate" über die grünlich schimmernde Bay in das „Vineland"! Einfach erhaben!"

„Wie kann man in diesem Trubel solch einen Traum haben? Laß uns bloß gleich zu den Kassen gehen, bevor sie alle belegt sind! Denn bald strömen hier die Leute nur so `rein!"

„Ja, Du hast recht! Laß uns schnell `raus, bevor ich den Traum verliere!"

„Herrje, auch das noch! Nur zwei Kassen geöffnet! Na ja, die Anderen werden bestimmt erst um Zehn anfangen! Dann stellen wir uns hier an!"

„Sieh mal, bei der Nummer 5 stehen nur drei Leute! Da stellen wir uns hin!"

Schon fahre ich den Einkaufswagen in den Gang zur Kasse - vor die Kassiererin.

„Um Himmelswillen, nicht bei der! Bei der dauert es immer so lange!"

In diesem Moment stellt sich ein weiterer Kunde in „unseren" besagten Gang, gleich hinter meine Frau:" Mist, nun können wir doch nicht mehr zurück!"

„Jaja, die andere Kasse ist gerade überfüllt", stimmt ihr Hintermann zu.

„Dann können wir ja warten!"

„Wem sagen Sie das! Bei dieser Kassiererin habe ich auch schon meine Erfahrung gesammelt!"

„Schlimm, nicht wahr! Warum das bei der immer so lange dauert! Das kann ich einfach nicht verstehen!"

„Jaja, manche lernen es nie!"

„Vor allen Dingen geht das alles von unserer Zeit ab! Aber die macht sich absolut nichts daraus – die wickelt ihr Bündel in aller Ruhe!"

Dann folgt eine intensive Diskussion zwischen den Beiden über die Welt der Arbeit, Dialoge von Politikern und Erneuerungen im Kassenwesen. Aber ich schweige und warte. Warte darauf, daß dieses stänkerhafte Tun meiner beiden Hinterleute und dieses Nichtstun der absolut genervten

Kassiererin es endlich mit mir gut meint und mich aus diesem Schlund zu ihr entläßt. Dann ist es so weit; auch wir erhalten die Möglichkeit unser Geld los zu werden. Honoriert wird es durch meine vielsagende Logik:" Frau, schau! Sie hatte doch nur ein Problem mit ihrer Kasse!"

Es empfängt uns die Frische des frühen Tages und ich genieße sie mit einem tiefen Seufzer. Erleichtert stelle ich bald darauf die folgenschwere Frage:" Das war's?"

„Na, das reicht ja wohl! Wir können von Glück reden, das wir überall so gut durchgekommen sind! Obwohl; ich habe das Gefühl, als würde mir etwas entgangen sein – bloß was? Egal; was wir jetzt nicht eingekauft haben – das haben wir eben nicht! Dabei fällt mir noch ein: Essen ist da und trinken? Hast Du mal im Keller nachgeschaut? Wie sieht es denn damit aus?"

„Es reicht!"

„Das sagst Du! Auf jeden Fall müssen wir genügend Selters bevorraten – die wird viel getrunken! Haben wir? Ja? Okay! Schorle? Auch? Ist denn Wein da? Du nickst immer nur! Na gut! Und wie sieht es mit Bier aus? Ich habe keines geholt!"

„Brauchen wir auch nicht! Die kommen sowieso alle nur mit dem Auto!"

„Ach nee! Du wirst doch auf Deinem Geburtstag ein Bier trinken – oder vielleicht nicht, heh? Aha, ich vermute, Du willst nicht noch einmal los! Stimmt's? Als wenn ich das nicht geahnt hätte! Nun vergiß mal Deine Unlust und fahr los! Das dauert schließlich nicht ewig! Ich bringe unseren Einkauf in der Zwischenzeit in den Keller!"

Übrigens. Es wurde kaum Kuchen gegessen. Meine Frau und ich aßen eine Woche davon. Auf den Kasten Bier „stürzte" ich mich fast allein. Mir schmeckte es. Allein deswegen; sie mit roten Wangen vor den Gästen zu sehen und wiederholt <u>ihren</u> Einkauf mit mir zu schildern.

⌘⌘⌘

Abholung

Vor einer Woche war es, als ich folgende Sätze zu meinem Kollegen sprach:" Mensch Ralf, wir haben diese Woche wirklich verdammtes Glück mit dem Wetter! Wenn ich bedenke, daß es vor zwei Tagen noch Schneestürme und Eisglätte gegeben hatte! Und das Ende März! Zwar fegt auch heute ein kalter Wind über die Autobahn, doch haben wir immerhin bei herrlichem Sonnenschein den „Vater Rhein" überquert!"

Froh gestimmt verabschiedete ich mich daraufhin vom Arbeitskollegen in Köln – Westend am Westfriedhof. Hier wollten wir uns dann in einer Woche zwischen vierzehn und fünfzehn Uhr wieder treffen und unseren neuerlichen Fahrerwechsel vornehmen.

Er fuhr also mit dem Lkw weiter nach Paris zur Messe und ich zurück per Bahn nach Harburg. Eine anstrengende Heimfahrt erwartete mich dann. Bis Düsseldorf hatte ich nämlich einen Stehplatz ganz für mich allein und stand dazu leider jedem im Weg. Die letzten drei Kilometer zu meiner Wohnung mußte ich zu allem Übel auch noch zu Fuß gehen, da der Bus wohl dort seine Endstation „gefunden" hatte. Doch sonst lief es eigentlich richtig ‚rund'!

Eine Woche später. Im Bahnhof Harburg auf dem Bahnsteig 3 am Gleis in Richtung Westen.

‚Wie sieht der denn aus?'

Das Gesicht eines ebenso wartenden Reisenden neben mir ist mit vollen Haaren „umgarnt", von langen Koteletten „behängt" und von einem hoch gezwiebelten Kinnbart „verunstaltet". ‚Hoffentlich sitzt der nicht noch bei mir! Aha, der Zug läuft ein! Dann will ich mal!'

Sogleich begebe ich mich in das Bord – Bistro. Ein unkomplizierter Ort, da ich keine Reservierung vorgenommen habe. So nehme ich jedenfalls in diesem Abteil keinem Reisenden seinen Platz weg. Gleichzeitig kann ich hier in den Genuß einer heißen Tasse Kaffee gelangen!

‚Ah, da ist ja noch allerhand frei!'

Schon „pflanze" ich mich in eine halbkreisförmige Sitzgelegenheit und erkenne genau mir gegenüber einen älteren Mann, der in stoischer Ruhe zwei quengelnden Kindern die Vorzüge von Brötchen und Rührei erklärt, an Stelle von Müsli und Toast.

‚Oh ja, könnte man auch mal wieder essen!'

Appetit macht sich breit und so greife ich gespannt zur Speisekarte. Vertieft und zugleich entsetzt; da kaum Auswahl, jedoch immens teuer, läßt mich eine sanfte Stimme den Kopf erheben:„ Darf ich mich zu Ihnen setzen?"

‚Oh Gott, der „Bärtige" ist's!'

„Hmh ..... ! Sicher! Natürlich!"

„`Schuldigt mal, seid Ihr beruflich unterwegs oder hat Euch die leichte Muse in den deutschen Landen geküßt? ..... Also, ich bin ja nur wegen eines Autokaufs in dieser Bahn! ..... Der Älteste hat doch meine „Karre" zu „Brei" gefahren! Kaufe mir deshalb `nen Geländewagen in der Nähe von Osnabrück! ..... Übers Internet! ..... Mich kriegt man sonst nicht in dieses „Dampfroß" `rein! Vor Allen, ..... die haben ja keine Organisation; ..... keinen blassen Schimmer von Tarifen! ..... Habe ja selbst so `ne „lütte" Spedition gehabt ..... , jetzt aber verkauft! Nee, ich will nicht mehr! Ich, ähhh, kenn' solche Läden ..... ! Überhaupt; bin mal gespannt, was wir drei „Figuren" hier bezahlen müssen, ... mit Umsteiger wißt Ihr! ..... Hahaha, das Gesicht möchte ich vom Schaffner sehen, wenn ich dem erzähle, daß ich 6870 in Heide bezahlen sollte! ..... Mann, ist doch viel zu teuer! ..... Werde ich ihm auch sagen! ..... Ja, das sind meine Jüngsten – acht und zehn! ..... Die Andern wollten bloß nicht mit! Also, ... damit Ihr Bescheid wißt, ... ich heiße Karl! Eh! Oder wenn Ihr wollt, auch Kalle!"

Freudestrahlend antwortet ihm mein Tischnachbar:" Ich bin der Paul, oder Paule, wie ein Jeder so sagt!"

‚Habe mal wieder `ne dolle Truppe getroffen,' denke ich noch so, bevor ich mich lauthals vorstelle:" Hotten!"

Bald darauf stellen wir erstaunt fest, daß Paule und ich beruflich reisen und der „Alte" an die Siebzig und Vater von zwölf Kindern ist.

„Paule, wo willst Du denn hin?"

„Nach Dortmund! Muß mir neue Informationen und News abholen! Wir haben dort ein Seminar; geht aber nur bis zum späten Nachmittag! Mehr Pausen mit Klönen, dazwischen Essen und Trinken, na ja und ..... ! Ach weißt Du, ich bin Informatiker auf privater Basis! Toller Job und noch gut bezahlt! Werde aber schon heute Abend in Neu Wulmstorf mein Brot essen! Selbstgemachtes, hmh! Da fällt mir ein – ich nehme das Rührei mit Schinken! Und Du?"

„Ich ohne Schinken; mit einem Brötchen, bitte!"

„Hihihi, nee, das meine ich nicht!?"

„Ach so, ich verstehe -- nein, ich hole meinen Kollegen von Köln ab!"

„Gut, ich bestelle mal -- mit Kaffee? Gut! Das dauert bestimmt – schau Dir die „Schlange" an!"

„Heh ..... , hört mal! Ach Mensch, jetzt haut der ab! ..... Bin ja gespannt wie ein „Flitzebogen"! Oh jemine ..... !"

„Weswegen?"

„Na Mensch ..... was für 'ne Kiste die mir da andrehen werden! Auf dem Bildschirm sehen sie alle gut aus! So 'n Schiet aber auch, bäh! ..... Ist ja alles kalt! Ah, da kommt ja unser Beamter vom Dienst! Dem werde ich erst einmal die „Flötentöne" beibringen ..... ! Hör mal, Chef ..... !"

„Die Fahrausweise bitte!"

Und dann erzählt der Nordholsteiner von idiotischen Bediensteten, nicht funktionellen Fahrkartenautomaten, überzogenen Preisen und kaltem Essen – ausgerechnet auch noch für seine kleinen Kinder. Ich muß den „Bahner" ganz einfach bewundern. Er lauscht den Worten, nickt ab und zu; aber er schweigt – bis ..... ja, bis zu einem bestimmten Punkt -- dem absolut endgültigen Fahrpreis.

„Mein Herr, für Sie und die Kinder macht es von Heide mit Umsteiger in Osnabrück 80 Euro und 30 Cent!"

Ruhe im Bistro – nur das sanfte Dahingleiten in diesem modernen I C E stört. Die wenigen Personen verharren in ihren Positionen und blicken entgeistert in seine Sitzecke. Und der? Fassungslos sieht er erst zu dem Fordernden hoch und dann prustet er lachend sein Unverständnis `raus: „Sind Sie noch bei Trost? Ich muß nur ein Auto abholen; eins, gebraucht wohlgemerkt, und zahle hier dafür Phantasiepreise!"

Es erfolgt eine detaillierte Erklärung seitens der Bahn und anschließend die Wiederholung des Betrages. Der „arme" Papa zahlt dann doch unter den beifälligen Zurufen seiner Kinder murrend die „Zeche" und einem zynischen Kommentar:" Sie hören aber noch von mir!"

Erst nach dieser Episode wird unsere Bestellung als „Frühstück fertig" gemeldet und „mein" Bartträger springt alsbald behende auf:" Ich bringe Deines gleich mit" und serviert es mir mit einem "Guten Appetit!"

„Gleichfalls!"

Bis Osnabrück „kredenzt" uns dieser fidele Alte seinen farbenprächtigen Lebenslauf. Selbst seine Verabschiedung von uns gleicht einer Show. Doch langweilig wird es mir trotzdem nicht; die Unterhaltung mit Paule ist ein Muß einer Konversation; äußerst charmant und lehrreich. Deshalb geschieht die Einfahrt in den Bahnhof von Dortmund viel zu schnell, so daß es mir richtig leid tut, mich jetzt schon von diesem sympathischen „Bartträger" zu verabschieden. ‚Wie man sich doch irren kann!'

Köln. Langsam rumpelt der Zug über die Deutzer Eisenbahnbrücke. Der Dom erhebt mächtig seine fulminanten Türme über den Hauptbahnhof. Ich allerdings verspüre einen mächtigen „Kohldampf" und bestelle mir im „Schweinske" das Putenbrustfilet und eine Apfelschorle dazu. Sehr heiß wird mir das Essen gereicht – eiskalt jedoch das gewünschte Getränk.

Meine Mittagspause ist noch nicht zu Ende. So habe ich noch reichlich Zeit und werde noch ein wenig durch die Markthalle wandeln und mich über das Gehetze der Umwelt lächelnd amüsieren. Schlendere durch Gänge, vergleiche Preise der angrenzenden Gaststuben, Pubs und Restaurants und stelle dabei lakonisch fest:‘ Es erinnert dieses eigentlich nur an eine einzige „Freßmeile"!'

Die Natur meldet sich. So führt mich mein Weg zu einer Toilette. Doch wo gibt es hier diese Einrichtung? ‚Mensch, ich muß doch! Verdammter Mist!'

Nach vielen Fragen, noch mehr Rücksprachen und verständnislosen Hinweisen stehe ich „eingeknickt" vor der Eingangstür von „Mr. Wash" (sprich: Missta Wosch).

‚Was ist das denn? Ich muß doch! Ist das nun eine Reinigung oder doch die ersehnte Toilette? Gott sei Dank, es ist tatsächlich eine Anstalt für die Erledigung seiner ganz persönlichen Bedürfnisse. Wat `n Blödsinn! Wie sollen Leute, die der englischen Sprache nicht mächtig sind, das verstehen?'

Mein Unverständnis geht weiter, da man für die Urinale doch 50 Cent nimmt und für das „Gemachte" sage und schreibe 1 Euro. So ist es kein Wunder, wenn mich vor dem Eingang des „Sitzungssaales" der Damen eine lauthals Gesprächsrunde empfängt. Zwei Frauen sind über dieses horrende „Eintrittsgeld" regelrecht erbost. Mich darf es aber nicht weiter kümmern – mein Darmtrakt „meldet" sich unaufhörlich. Ich muß doch.

Ich bin „fertig". Bei meinem Heraustreten in die Welt der Normalität sind noch zwei erwähnenswerte Denkwürdigkeiten zu „betrachten". Nämlich zum einen, daß die Betreiberfirma dieses expansiven Etablissement in den Gang einen Geldwechselautomaten installiert hat und das zweite Indiz für diese „Fragwürdigkeit", eine Asiatin ratlos und dabei schnatternd vor der Eingangstür hin – und herläuft. ‚Service für den Tourismus sieht ein wenig anders aus!'

Vor dem Dom. Luft, endlich klare frische Luft. Das Handy wird in Position gebracht und dann muß dieses kleine Wunderwerk für eine blödsinnige Aufnahme herhalten. ‚Wie oft hast du den bereits schon aufgenommen? Und dann biegst du dich auch noch wie ein schiefer Turm zu ihm hin, um seine gesamte Größe aufs Bild zu bekommen! Wat `n Quatsch!'

Als ob durch die Verbiegung des Oberkörpers zu meinem Untergestell ein Vakuum in meiner Statik passiert ist – keine Ahnung – plötzlich zieht mich ein Krampf in meiner Magengegend in die übliche Stellung zurück. Und ein eigenartiges Grummeln erweckt meinen Geist. ‚Nein, das darf doch nicht wahr sein! Komme doch gerade vom W C! Also, bloß schnell zurück!'

In Windeseile „rausche" ich „meinem" Objekt zu. Positiv zu nennen ist der mir nun bekannte Standort. Das passende Kleingeld; sprich ein Euro, liegt bereits in meiner Handfläche.

Einige Minuten später sitze ich „erleichtert" in der Linie 19; auf dem Weg zum Neumarkt -- meinem Umsteigebahnhof. Er ist nur zwei Stationen vom Hauptbahnhof entfernt. Doch es rumort schon wieder ganz gehörig im Bauch und verschärft sich auch noch zusehends zu einem langen ziehenden Kneifen. Obwohl die erste Haltestelle „geschafft" ist, beginnt mein Desaster zwischen Hoffen und Bangen:‚ Hoffentlich passiert es mir nicht! Mensch Kerl, reiß dich am Riemen! Preß die „Backen" zusammen! Am besten wäre es, wenn du gar nicht an das Unausweichliche denken würdest!'

Aussteigen. So schnell wie es mir irgendwie gelingt, presche ich den Bahnsteig entlang; den Blick gen Tunneldecke gerichtet - das Logo W C mit der laufenden Person suchend.

‚Aha, da entlang! - Die Treppe hoch? - Oho, angekommen! - Stehe oben auf dem großen Platz des Neumarkts! - Und nun? - Nein, nicht doch! - Da ganz hinten? - Meine Güte, was für `n Scheiß aber auch! - Unter der Erde noch! - Wann bin ich denn bloß da? - Mein Gott, fünfzig Cents! - Egal! - Los, durch die Schranke, Tür aufreißen; Hose runter und ..... ! Geschafft! Das Martyrium hat sein Ende gefunden!'

Finde mich spät zwischen all den Hetzenden und Schnaubenden unter einem blauen Himmel wieder. Genieße dieses neue Gefühl als eine Befreiung von einer schweren Last und so schreite ich einmal um das gesamte Areal herum. Aber vorsichtig bin ich geworden und so bleibe ich immer im Blickfeld meiner W C - Treppe – für alle Notfälle abgesichert. ‚Man kann ja nie wissen!'

Die Linie 4 ist meine Straßenbahn und ich steige nach geraumer Zeit ein. Stark frequentiert von Fahrgästen geht's unter die Straße und es werden etliche Haltepunkte im Tunnelsystem angefahren. Mein Frohlocken über die Bewältigung der kothaltigen Natur bleibt nicht lange bestehen – der Druck im Gesäß verheißt wieder nur Großalarm. Aber leider „spielt" das Schicksal wieder „It `s now or never", denn mein Verkehrsmittel „erwischt" wahrscheinlich den längsten Streckenabschnitt. Ausgerechnet jetzt muß sich mein „Geschäft" melden.

‚Aha, meine Haltestelle am Friedhof!` `Raus hier und dann schnell `rüber ins Café! Mist, zeigt die Ampel auch noch „Rot"! Egal, weiter!'

Rase voller Vorfreude auf die Gartenpforte zu und will sie öffnen ....., oh nein – verschlossen. Und dann leuchtet mir die schwarze Schrift auf dem weißem Papier wie hohnlachend entgegen:

Wegen Trauerfall heute geschlossen!

Das war dann wohl nichts mit der herzerfrischenden „Entleerung". ‚Heute habe ich wirklich nur die „Arschkarte" gezogen! Bloß weg von hier! Und nun? Wohin? Na klar, hin zum Friedhof!'

Drüben am Haupttor des Friedhofs fragt mich eine ältere Dame:" Sagen Sie mal, junger Mann, wo ist denn hier eigentlich die Verwaltung?"

„Keine Ahnung, komme gerade aus Hamburg! Wissen Sie vielleicht, wo denn die Toiletten sind? Ach nein! Meine Güte, was ist das bloß für eine komplizierte Stadt!"

Bald darauf zeigt ein Gärtner mit ausgestrecktem Arm auf das riesige Gebäude dort hinten am Ende der Baumreihe:" Da müssen Sie hin! Es ist das Krematorium!"

Allein auf dem Weg dorthin wird es mir schummrig; nicht nur wegen der Weite – nein, allein der Gedanke durch den möglichen Verlust meiner Unterhose vor Augen.

‚Ist mir so was von gleich, ich muß da durch!'

Schon kreuze ich eine schweigende Trauergemeinde, zwänge mich durch sie hindurch und habe dabei stets die Augen auf die hoffentlich für mich einzig wichtige Tür gerichtet:" Mein Herr, was erlauben Sie sich eigentlich?"

„Entschuldigung! Ein Notfall!"

‚Nein! Um Himmels Willen – abgeschlossen!'

Neben mir räuspert sich ein Security:" Man muß ziehen, nicht drücken!"

Die Prozession ist in der langen Allee nicht mehr zu sehen, als ich durch das Portal zum Parkplatz schreite. Dort setze ich mich auf einen Baumstumpf, Beine weit von mir gestreckt und warte. Mein Blick geht aufs Handy. Das Display zeigt 2:00 p. m. an.

'Mann, was bin ich froh, daß ich es nach allen ekligen Widrigkeiten in mir und um mich herum doch noch glücklich bis hierher geschafft habe! Oh ja, es geschah in den letzten Stunden nicht nur viel Humoreskes, nein, auch seltene Kuriositäten und der Natur gnadenloses Extrem! Nur komisch, genau nach dem heißen Essen! Oder „schlug" die eiskalte Schorle ins Gebälk? Keine Ahnung! Nur Ärger; und davon um so mehr!'

Hatte ich selbst bereits Bedenken, diesen Treffpunkt noch rechtzeitig zu erreichen, mußte ich dennoch zwei Stunden warten. Doch diese Phase erlebte ich ohne Probleme, denn ich war ab sofort mit der Natur wieder im harmonischen Einklang. Auch Kollege Ralf schien zufrieden. Konnte er sich nun endlich als Beifahrer zurücklehnen -- nach langer Messezeit und nerviger Fahrt von Paris nach Köln.

⌘⌘⌘

Recht und Unrecht

I.

Im 19. Jahrhundert bündelte der Müllersohn Johann seine Decke mit den wenigen Utensilien darin, die ein Neunzehnjähriger zu der Zeit sein Eigen nennen konnte.

Mit viel Weh und mehr Tränen seiner Eltern machte er sich am nächsten Morgen auf den Weg. Er wollte zu den kurfürstlichen Kürassieren im hessischen Kassel, um sich dort freiwillig als Untertan seiner Majestät Kurfürst Wilhelm I. von Hessen – Kassel für ewig zu binden.

Nach tagelangem Marsch bei Wind und Wetter, über staubige Felder und auf holprigem Kopfsteinpflaster, erschien er in der Garnison am Tor der Gardewache.

„Wo will er denn hin?"

„Meinem Herrn dienen, dem Kurfürsten!"

„Hohoho, in diesen Lumpen?"

„Ja, ich bin doch nur ein armer Wandergesell'!"

„Wie die meisten unseres Volkes! Schau rein und melde er sich bei dem Hauptmann!"

„Dank dir, Kamerad!"

„Hohoho, ein Witzbold scheint `s mir! Werd' es erst einmal und beweis es, hohoho!"

Man nahm ihn auf. Versteht sich. Werden doch immer wieder Soldaten benötigt, deren Arme eine Arkebuse abfeuern können. Erst recht von einem derart kräftigen Burschen. Die ihren unbedingten Gehorsam den Obristen gegenüber zur Verfügung stellen. Bereit zum bedingungslosen Einsatz. Die Familienchronik notierte das Jahr 1809.

Jahre später war's, 1832, als sich der Aufstand einer schon länger „aufmüpfigen" Studentenschaft beim Hambacher Fest auch bei ihm schließlich geistig „niederschlug" – er mußte daraufhin fliehen. Seine Loyalität zu den Revolutionären wurde nicht nur als „Faux pas" gegen seinen Landesherrn gewertet, sondern ebenso demzufolge der Obrigkeit seines Regiments. Bei Nacht und Nebel nahm er Abschied von seinem treuen Freund, einem hannoverschen Hengst, namens „Moritz". Dann schwang er sich behend über die Mauer des fürstlichen Palais.

War er anfangs wie von Sinnen geflüchtet, nahm seine Courage, je weiter er sich von der Kaserne entfernte, zu. Die Gedanken wurden frei und die Überlegungen festigten sich:" Ja Amerika, ich komme!"

II.

Ein Hafen am East River von New York. Hier war er über Bremerhaven mit einem „Seelenverkäufer", der aus mehr Holzwürmern bestand als er Takelage in Quadratzentimetern aufweisen konnte, angelangt. Hungernd und frierend; doch endlich Land unter den Füßen und die Erde im Blick.

„Wohin sollst denn gehen, Fremder?"

„Irgendwo in Lohn treten!"

„Kommt zu mir! Bei mir könnt ihr die Aufsicht führen! Seid kräftig genug dafür! Gebe euch Unterkunft und einmal über den Tag ein Freispiel! Ihr kennt doch sicherlich Poker? Na? Okay? Nennt mich Players!"

„Sicher! Na gut! Ich bin der Johann!"

Eine Bretterbude war der Spielsalon. Das Interieur bestand aus einem mit Whiskey gefülltem Faß, welches als Tisch fungierte. Davor kniete die „Kundschaft" und schrie ihre Wünsche hinaus:" Heh du, noch Drei!"

„Ich nehme noch zwei Karten!"

„Passe!"

„Also John, paßt gut auf! Keine Schlägerei, kein Falschspiel! Betrunkene laßt gar nicht erst an den Tisch! Wann ihr euer Freispiel einlösen wollt -

ihr selbst könnt es bestimmen! Vielleicht habt ihr ja eines Tages ein Full House erwischt! Würd's euch gönnen!"

Stundenlang stand er da und beobachtete. So intensiv, daß er immerhin die Anzahl der Holzpflöcke in den Brettern dieser Spielhölle auswendig wußte.

Sein bisheriges Glück bestand darin, hinter zusammengefügten Hölzern eine schäbige Liege für sich zu haben; auf der die Decke wie ein Juwel ausgebreitet lag und er durch das Freispiel genügend Geld einnahm, um sich eine Suppe mit Maisbrot leisten zu können.

Nun neigte sich das Jahr 1848 dem Ende zu. Weihnachten stand vor der Tür. Sah man in diesem Verschlag oft ein Publikum aus Hafenarbeitern oder Durchreisenden, trat heute eine neue Gesellschaftsstufe ins trübe Licht – die Emporkömmlinge.

„Wollt ihr jetzt euer Freilos wahrnehmen?"

„Na klar doch!"

Dann geschah tatsächlich das Unglaubliche. Sein Dasein wurde binnen weniger Stunden vollends auf den Kopf gestellt. Es lag in Form eines Wechsels und einer reich verzierten Perkussionspistole vor ihm. Als er so fassungslos auf seinen Gewinn starrte, schallte von draußen Getöse durch die Ritzen und bald darauf wurde die Brettertür aufgerissen:" Gold! In Kalifornien haben sie massenweise dieses Teufelszeug gefunden! Los Leute! Go west!"

Allein mit Players. Der sprach unaufhörlich auf ihn ein:" Mensch John, das ist eure Chance; euer Traum! Laßt uns gehen!"

„Nein! Werde mir die Mühle am Hudson River kaufen! Hier mit!"

Nach dem ersten Schlag sah er noch verschwommen einen Zylinderhut durch die Luft fliegen und beim Zweiten danach erkannte er nur noch die hochhackigen Stiefel seines Partners im Dreck.

Er wachte mit einem Brummschädel auf. So sehr er sich auch mühte, um seinen neuen Besitz zu finden; nur seine Decke lag auf dem „Bett". In ihr wickelte er seine wenigen Habseligkeiten ein. Langsam dämmerte es bei ihm und er wußte, wohin er nun unterwegs sein würde:‚ Ah, Herr Players hat endgültig die Seiten gewechselt!'

III.

Go west! Das Schlagwort, welches ihm wie ins Gedächtnis geschrieben schien. Dazu trat noch der Zauber des Goldes. Und innerhalb dieses Abenteuers kam eine absolut dominante Unbekannte hinzu; nämlich die Weite des Westens.

Wildnis pur. Hitze am Tag, Kälte in der Nacht. Einmal Trockenheit, das nächste Mal nur Nässe. Und immer den Hungertod oder das Verdursten vor Augen. Er litt furchtbar. Nur sein unbändiger Wille, die jahrelangen Entbehrungen und seine unschlagbare Natur trieben ihn voran.

Manchmal war er tagelang auf sich allein gestellt, dann wieder zog er im Treck mit. Dort erhielt er auch die wenigen Informationen über den Geck, der mit Zylinderhut und hochhackigen Stiefeln diese unwirtliche Prärie querte.

Über den verschneiten Donner Paß wankte er in das milde Sacramento Valley. Die weitere Spur führte ihn nach Sutter Creek. Dort angekommen stand er vor einem imposanten Holzbau mit der Aufschrift „The Players". Er betrat das vermeintliche Domizil des ehemaligen Partners.

Sofort schwenkte sein Blick in Richtung Spieltisch. Richtig, da saß der Gesuchte mit Zylinderhut und pokerte. Genau gegenüber plazierte er sich und schaute nur in dessen Augen. Der mußte ihn bemerkt haben, sonst hätte er sie bestimmt nicht zugekniffen. Dann ein Ruck; der Andere hatte ihn erkannt.

„Ihr seht schmal aus, John! Laßt euch `ne Suppe reichen! Werdet kaum eine Aufsicht führen können! Eure Unterkunft zeige ich euch nachher!"

„Passable Bude! Ich mach's kurz, ich will meinen Gewinn einlösen!"

Im selben Moment sprangen die anderen Spieler beiseite. Die plötzliche Ruhe wirkte beklemmend. Ein gefährlicher Zustand, der jederzeit in eine Auseinandersetzung ausarten konnte.

„Womit John?"

„Mit den Karten!"

Die Besitzrechte am Flußlauf des Sutter Creeks und des angrenzenden Landes wechselten an diesem Abend den Eigentümer. Bereits an dem nächsten Tag begann John eine Hütte zu bauen. Sie sollte am Beginn der neuen Mühle vorstehen.

Wieder neigte sich ein Jahr dem Ende zu und es war Weihnachten. Die Zeugen sagten später vor Gericht aus, daß betrunkene Indianer auf dem Grundstück von „Millers Mill" gesehen worden waren. Daraus schloß der Richter nicht aus, daß die Selben sie wohl auch angezündet hätten. Da kein Schuldiger zu finden war und man deshalb keine Seele zur Haftung heranziehen konnte, endete das Glück von „John dem Müllersohn aus dem Kurfürstentum". Ganz einfach. Aus Geldnot mußte er dem Schicksal seinen Tribut zollen. Für ein „Butterbrot und Ei" konnte er den Grund und Boden noch an den Mann bringen – namens Mister Players.

Sein Weg führte ihn dann nur noch eine kurze Strecke weiter; und zwar nach San Francisco. Dort kämpfte er mit seinem Wallach „Maurice", am Halfter eine reich verzierte Perkussionspistole, bis ins hohe Alter als der Konstabler gegen korrupte Baulöwen, diebische Elstern -- kurzum dem restlichen Abschaum der Welt.

⌘⌘⌘

Glück und Können

Zwei verschiedene Komponente?

Oh nein! Die Eine kann nicht zum Leben erweckt werden, vor aller Welt bestehen und schließlich zum Erfolg führen.

Natürlich wird das Glück erst in den Schoß fallen, wenn das Quentchen Talent gleichzieht mit dem Können eines Einzelnen. Jener hat aber auch diese Tugend nicht geschenkt bekommen. Wer das glaubt, der hat kein Leben jemals „erlebt". Denn durch Fleiß, harte Arbeit und dazu strenge Disziplin ist dem Einen noch nicht einmal der Erfolg beschienen – hier „greift" dann das Glück.

Derjenige kann dann mit geschwollener Brust stolz von sich reden, wenn er mit seiner „glücklichen" Hand ein Team gefunden hat, welches von seinem Wissen profitiert und sein Können sich in einem Kampfspiel zu Nutze machen kann.

Und das, liebe Sportsleute, ist das Verdienst des in der Bezirksliga Süd tätigen Trainers vom H S C in der Saison 2007 / 2008,

O   *Frank Heine*   O

Wir danken und gratulieren Dir mit einem dreifachen „Hipp! Hipp! Hurra!"

Rasensport, den 18. Mai 2008   Deine Fans

Das Verlöbnis

Ist das Verlöbnis, auch Verlobung genannt, durch Sitte und Moral eine bestimmte Form eines Eheversprechens, wird sie dadurch untermauert, daß man dieses Ritual mit einem Ringgeschenk beschließt.

Hat man, oder haben beide Partner, sich in Übereinstimmung auf ein Datum geeinigt, so wird dieses Präsent in der Regel unter den Verlobten meist allein ausgetauscht. Sehr oft ist dabei eine kleine Aufmerksamkeit in puncto Austausch von Treueschwüren und Zärtlichkeiten gegeben. Haben sie den Tag des heiligen Nikolaus dafür auserkoren, wird dieser durch seine Stellung als Bewahrer untermauert.

Die Frau, wie der Mann auch, sind angehalten, sich auf den Weg zu einer bevorstehenden Heirat, nicht nur das Liebesleben untereinander zu studieren, sondern das loyale und verständnisvolle Miteinander zu pflegen.

In diesem Sinne wünschen wir Euch
ein glückseliges Zusammensein in
voller Harmonie und Eintracht.

Ein Weihnachtsbaum erzählt .....

War es nicht schön dort draußen im Wald? Als alleinige Kiefer stand ich in einer Schonung zwischen jungen Buchen, die man gerade hier frisch aufgeforstet hatte. Unter ihnen galt ich als ein ganz besonderes Wesen – absolut das Originellste! Sie bewunderten mich und riefen oft genug: „Hallo Tanne, was hast du bloß für spitze Blätter? Und dann noch deine weit ausgebreiteten Arme! Schick sieht das alles an dir aus!"

Ich habe daraufhin erwidert:" Ich kann es euch ja jetzt sagen! Obwohl – ein kleines Geheimnis besteht noch zwischen dem Förster und mir!"

„Rede, sprich mit uns darüber! Was hast du uns zu erzählen?"

„Ach, ich geniere mich so, wißt ihr, ... hmh ....., na ja, ich werde euch leider demnächst verlassen!"

„Aber warum das denn?"

„Ich ziehe in die große Stadt! Hinten am Bächlein entlang; vorbei an dem dunklen Wald! Dorthin werde ich zu einem Mann gebracht, der mich auf dem Markt in einem Käfig ausstellt!"

„Oh je, was für ein Elend aber auch!"

„Nun, so schlimm ist es gar nicht; denn ich werde dort auf eine Familie warten, bei der ich die nächsten Wochen in einem warmen Stübchen mein neues Zuhause haben werde!"

„Hoffentlich finden dich auch die richtigen Leute, schöne Tanne!"

Einige Tage später sah man den Tannenbaum in der alten Stadt auf dem Kirchplatz stehen. In Reih und Glied neben vielen anderen „Ewiggrünen" postiert. Er war wirklich hübsch anzusehen – so ebenmäßig gewachsen und noch dazu kerzengerade. Seine Augen blickten gespannt auf die Vorbeiziehenden; musterten sie und dann sagte er entweder nur ‚plus' für Diejenigen, die sein Wohlwollen erhielten und ‚minus' für Jene, bei denen er auf keinen Fall den Heiligabend verbringen würde!

Plötzlich erhielt er einen Schubs und strauchelt. Man stelle sich das mal bildlich vor, wie schwer es ist, auf nur einem Bein das Gleichgewicht zu behalten. Das ist der Komik nicht fern.

‚Huch, wer macht denn so etwas?'

„Oh, guter Tannenbaum, ich war ein wenig unvorsichtig! Entschuldige bitte!"

‚Herrjeh, was für ein süßes Wesen!'

So dachte er noch, bevor er vor lauter Begeisterung in die Arme eines Mädchens fiel. Schwer schien er sich zu machen; doch eisern packte sie ihn am Stammende. Fast sah es so aus, als möchte der Baum immer von ihr umgarnt sein. Ihr blonder Pferdeschwanz wippte wie aufmüpfig hin und her. Doch die blauen Augen schauten ganz ängstlich zu der Baumspitze empor.

Der heilige Abend war angebrochen und die kleine Kiefer hatte man zum Weihnachtsbaum erhoben. Silbrig geschmückt und mit allerhand Kugeln versehen.

‚Aaahh, ist das mollig hier! Oh ja, wunderbar warm ist es in dieser Stube und gemütlich! Der Duft von Kerzen und meinen Tannen verbreitet die richtige Stimmung in dieser Weihnachtszeit! Was bin ich froh! Hier strahlt mein grünes Baumkleid richtig pure Natur aus! Und mein Kopfschmuck! Herrlich! Eine glitzernde Spitze haben sie mir noch aufgesetzt! Wirklich nobel, diese Leute! Ich kann mich doch im Glas des gegenüberliegenden Schranks bewundern und mein sehenswertes Antlitz betrachten! Obwohl ..... , wenn ich so ins grübeln gerate! Doch ..... , egal, ich muß nun mal der Tatsache ins Auge schauen! Es quält mich doch ein wenig, wenn ich so zurückblicke – schön war's doch im Wald! Aber was soll's! Viel mehr kann auch ein Weihnachtsbaum nicht verlangen!'

⌘⌘⌘

Reise in die Ewigkeit

„Hallo Mütterchen, seien Sie willkommen in unserem schönen Wald!"

„Huch, haben Sie mich aber erschreckt!"

„Das war wirklich nicht meine Absicht! Sie scheinen etwas ratlos zu sein! Wohin soll's denn gehen?"

„Zu meinem Mann! Doch ich finde die Stelle nicht wieder! Obwohl sie in diesem Gehölz sein muß!"

„Aha, das glaube ich Ihnen gerne! Die Forst schließt ein riesiges Gebiet ein!"

„Junger Mann, nach Ihrer grünen Tracht zu urteilen kennen Sie sich hier aus, nicht wahr?"

„Sie vermuten richtig! Ja, ich bin der Förster in diesem Revier und kann Ihnen garantiert weiterhelfen! Wenn Sie möchten, begleite ich Sie! So verbinden wir mit der Suche gleichzeitig einen Spaziergang! Macht doch richtig Spaß bei diesem herrlichen Wetter, nicht wahr?"

„Oh ja! Doch es ist trotz des Sonnenscheins ganz schön kalt! Doch was soll's! An seinem Festtag war es eigentlich immer trocken und oft genug war der Himmel mit einem blauen Azur gekrönt!"

„Sagen Sie, von woher kommen Sie denn überhaupt?"

„Aus Seevetal! Mit der Bahn; ist ja eine ganz schöne Tortur! Aber heute ist es mir egal; da muß ich ihn unbedingt besuchen!"

„Oha! Ein gutes Stück weg von uns! Und dann schleppen Sie auch noch so viel Gepäck mit sich `rum!"

„Ach wissen Sie, das geht schon! Für ihn tue ich es gerne!"

„Für ihn?"

„Jaaahhh, mein Mann! Heute muß ich ihn hier unbedingt besuchen – es ist schließlich sein Geburtstag!"

„Hier? Heh? Hmh! Aaah! Ach so! Jaja, ich beginne zu verstehen! Sie wollen zu ihm in den Friedwald?"

„Jaahh! Wissen Sie, da hat er doch seine Ruhestätte!"

„Schön! An welchem Baum liegt er denn?"

„An einer Buche! An ihr ist eine kleine runde Scheibe genagelt und die trägt die Nummer – LHB 215!"

„Ah ja! Na, dann geben Sie mir mal Ihre Taschen und Beutel her! Weit ist es aber nicht mehr!"

Und dann sieht man die zierliche grauhaarige alte Dame neben diesen schlanken Naturburschen auf dem festen Waldweg ziehen. Ein Bild von Spitzweg könnte dieses Idyll nicht besser verewigen. Sie wandern durch die Allee; vorbei an schlanken Buchen, wuchtigen Eichen und den hoch aufgeschossenen Tannen. Die Luft ist frostig und rein. Zwischen den frei stehenden Bäumen trifft die Sonne mit glasklaren Strahlen auf das Unterholz. Der Wald selbst gibt kaum Laute von sich.

Sie kommen an eine Kreuzung und plötzlich meldet sich in diese Stille die Stimme der alten Dame:" Da, schauen Sie, die Bank dort! Die stand damals schon! Genau schräg gegenüber muß mein Mann liegen!"

„Ah ja, schauen Sie, hier hängt die Nummer! Richtig – LHB 215!"

„Wir sind also da! Vielen Dank für Ihre Mühe, Herr Förster!"

„Aber Mütterchen! Es ist doch kein Umweg für mich gewesen; ich muß sowieso in jene Richtung weiter! Zum Forsthaus! Wir haben dort gleich eine Einsatzbesprechung! Wird ganz schön lange dauern; es muß vieles neu koordiniert werden! Wissen Sie, nach dem Wintersturm liegt doch allerhand Bruchholz herum und jetzt müssen wir mit dem Aufräumen und der Entsorgung beginnen – bevor der Borkenkäfer reichlich Nahrung finden kann! Wenn wir ihm zuvorkommen, dann kann er den gesunden Bäumen nichts anhaben! Ich darf mich jetzt von Ihnen verabschieden?"

„Ja sicher doch! Es hat mich gefreut, Sie kennengelernt zu haben! Viel Erfolg beim Kampf gegen das Ungeziefer! Doch Sie werden es schon richten!"

Sie sieht ihm noch eine Weile hinterher. Versunken in ihren Gedanken. Bis sie zu der Erkenntnis gelangt: Dieser junge Förster wird gemeinsam mit seinen Waldarbeitern schon dafür Sorge tragen, daß an dem Baum ihres Mannes kein Käfer „knabbern" wird.

Langsam wendet sie sich „seiner" Buche zu und tritt dann behutsam vor den wuchtigen Stamm:" So Schieter, nun können wir Beide in aller Ruhe Deinen Feiertag begehen! Ein Weilchen mußt Du Dich noch gedulden; der Geburtstagsmann hat doch noch Geschenke für Dich abgegeben! Da drüben auf „Deiner" Bank werde ich Dir Deinen Geburtstagstisch schmücken und danach hole ich Dich `rüber! In Ordnung? Herrjeh, das hätte ich beinahe noch vergessen – den Geburtstagsgruß! Entschuldige bitte! Meinen herzlichen Glückwunsch überbringe ich Dir hiermit!"

Und dann breitet die alte Dame eine Tischdecke auf der hölzernen Bank aus; ein Viertel der üblichen Größe davon - doch in bestechendem Weiß. Sie dekoriert sie mit seinen Lieblingsblumen:" Deine Perlhyazinthen sind, wie üblich, wieder mal sehr schwer um diese Jahreszeit zu bekommen! Leider sind sie wirklich klein geraten! Findest Du nicht auch?"

Emsig packt sie die Einkaufstasche aus, faltet sie danach sorgfältig und stellt sie hinter der Bank in das feuchte modernde Laub. Eine Kerze, mit roten Herzen bedruckt, zündet sie in einem weißen Halter an und dann betrachtet sie ihr vollendetes „Werk". Hübsch anzusehen ist es, wie sie Besteck, Tassen und die in Alufolie verpackten Päckchen um die eine Thermoskanne kunstvoll drapiert hat.

Sie schmunzelt. Rückwärts zum Baum schauend sagt sie noch:" Aha, da staunst Du aber, nicht wahr? Nun mein Lieber, Du glaubst es nicht, wie lange ich mich schon darauf gefreut habe! Endlich können wir Beiden in aller Ruhe zusammen Kaffee trinken und Kuchen essen! Wir haben ja so viel Zeit! Außerdem kann ich Dir noch eine Menge erzählen!"

Während dieser Worte öffnet sie die Alufolien. Zwei Stück Topfkuchen kommen zum Vorschein. Als sie den Kaffee einschenkt, steigt der heiße Dampf empor. Mit feuchten Augen folgt sie dem:" Ein Gruß von mir!"

Sie beginnt zu essen.

„Nun mußt Du aber auch zugreifen! Weißt Du noch? Als wir uns damals einen Platz suchten und schließlich die Entscheidung für diesen Flecken fiel? Da lachten wir noch darüber, als Du sagtest:, Wenn Du doch vor mir gehen solltest und ich Dich dann besuchen würde – auf dieser robusten Holzbank wäre mein Rastplatz; um in Ruhe dieser herrlichen Natur zu lauschen! Hier könnte ich mit Dir Zwiesprache halten und dabei in einen gepflegten großartigen Wald schauen!'

Eigentümlich und unendlich romantisch klang es damals! Nun ist es doch so gekommen, wie ich es eigentlich nie für möglich gehalten hatte – daß Du Dich vorher von mir verabschiedest! Dafür stehe ich jetzt allein da! Und weißt Du, seitdem ich nicht mehr arbeiten kann; wegen meiner Osteoporose; ist es verdammt langweilig geworden!"

Tränen laufen über ihr Gesicht. Mit der Serviette trocknet sie die Wangen ab; bricht ein kleines Stück vom Kuchen weg und nimmt einen Schluck Kaffee aus der Tasse.

„Übrigens habe ich nachher noch eine Überraschung vorbereitet! Aber erst nachher, mein Lieber! Nun ist erst einmal Kaffeezeit!"

Es vergehen Minuten; summieren sich zu Stunden. Die alte Frau gleicht einem Eichhörnchen; zwischenzeitlich „flitzt" sie von der Bank zu „ihm" hin. Dabei ist sie jedes Mal bemüht, nicht auf die Stelle zu treten, wo sie „seine" Urne in den weichen Waldboden eingegraben haben. Sie stützt den Kopf an den mächtigen Stamm der Buche; raunt in die runzelige Rinde kaum verständliche Worte und kehrt mit kullernden Tränen im Gesicht zu „seiner" Bank zurück.

Mittlerweile hat sie ihren Kuchen aufgegessen und die Thermoskanne leer getrunken. Die Portion für ihren Mann stellt sie auf dem Alupapier zusammen und positioniert sie an den Rand der Sitzfläche. Nach einer geraumen Zeit fummelt sie verlegen an dem schwarzen Beutel mit der weißen Reklameschrift von „Gerry Weber" herum:" Da drinnen ist die Überraschung für Dich! Paß mal auf, was gleich zum Vorschein kommt!"

Und dann stehen eine zweite Thermoskanne, eine Suppenterrine, eine Flasche Bier, ein „Flachmann" Kümmelschnaps und eine Dose Erdnüsse auf der Bank -- liebevoll in einem runden Servierblech „geparkt".

„Na mein Lieber, was sagst Du dazu? Du siehst, ich habe Dich nicht vergessen! Nie und nimmer werde ich das! Das brauche ich noch nicht einmal versprechen! Das ist so und bleibt auch so! Und es sind alles die Lieblingsgeschenke, die Du von jeher auf den Wunschzettel geschrieben hattest!"

Ein tiefer Seufzer folgt. Ihr fällt das fahle Licht auf, daß sich langsam in den Forstwald hinein schwebt und dann bemerkt sie zum ersten Mal, daß sie fröstelt.

„Ich glaube wohl sagen zu können, daß ich an die Dinge gedacht habe, die Dir so wichtig waren! Lachen mußte ich allerdings, als sie mir nach und nach wieder einfielen! Also, geniere Dich nicht, denn ich werde mit Dir gemeinsam diese schönen Sachen genießen! Sicherlich bist Du damit einverstanden; auch wenn es länger dauert! Aber keine Angst, ich bleibe bei Dir! Habe doch Zeit genug; wo ich nicht mehr für Dich kochen muß! Und essen tue ich sowieso nicht mehr wie früher! Benötige auch kaum etwas! Oft mache ich mir am Tag nur ein Spiegelei oder wenn es ganz hochkommt, eine Currywurst mit Reis! Nachdem Du mich doch so früh verlassen hast, habe ich gar keinen Appetit mehr!

Ich will mich ja heute nicht noch bei Dir beklagen; aber wieder mal bist Du gegen an gegangen, als ich Dich bat: Laß mich bitte nicht allein! Natürlich warst Du schon jahrelang am Herzen krank; doch hättest ruhig öfter mal mit mir einen Spaziergang machen sollen! Nein, Du mußtest ja einfach stundenlang am Computer herumsitzen! Na ja, nun ist es leider geschehen! Du bist weg! Aber glaube mir Schieter, wie gerne möchte ich wieder mit Dir zusammen sein! Allein deswegen schon, gemeinsam auf unserem großen Balkon zu sitzen oder zum Fußball zu fahren!"

Seufz! Schluchz.

„Ach so, da fällt mir ein; unser Junge wird Dich vielleicht nicht besuchen können – ein Punktspiel um den Aufstieg! Vielleicht schaffen das seine Jungs ja dieses Mal! Aber vorsichtshalber soll ich Dich von ihm grüßen! Glaube mir, auch Du fehlst ihm!"

Schluchz! Schluchz! Schluchz!

„Entschuldige! Ich hatte es mir fest vorgenommen, Dich nicht mit meinen Tränen zu belasten! Bin nun doch schwach geworden! Es ist einfach zu viel anders geworden, verstehst Du? Meist bin ich allein! Die Einsamkeit ist mein Partner geworden! Aber was soll's; da muß ich eben durch!"

Sie kniet nieder. Dann öffnet sie die andere Thermoskanne. Vorsichtig darauf bedacht, nicht eine einzige Graupe neben die kleine Terrine zu schütten. Serviette und Löffel legt sie daneben.

„Jaja, mein Lieber, Deine geliebte Graupensuppe! Ist doch eine große Überraschung, oder? Nun laß es Dir aber gut schmecken!"

Als sie aufgestanden ist und sich zu ihm auf „seine" Bank setzt, tropfen ihr die Tränen auf die weiße Tischdecke und versickern im Tuch.

„Freue mich ja riesig, daß ich Dir dieses noch bieten konnte! Habe viel darum gegeben, daß es tatsächlich klappen möge!"

Sie beginnt hemmungslos zu schluchzen und ein Weinkrampf nach dem anderen erschüttert ihren schmächtigen Körper. Minutenlang ist sie wie willenlos. Die Ereignisse der letzten Monate zeichnen sich in diesem Augenblick bei dieser sanften Person ab und so brechen die Gefühle verständlicherweise aus ihrem Naturell voll heraus. Fast scheint sie sich zu schämen. Niedergeschlagen kauert sie neben den Präsenten und fängt an zu zittern.

„Ah deshalb also!"

Ein stürmischer Wind fegt nämlich wie aus heiterem Himmel durch den lichten Wald. Auch ist die Kerze ausgebrannt und jetzt erst nimmt sie die Dunkelheit zur Kenntnis.

„Meine Güte Schieter, wo ist bloß dieser Tag geblieben? Wie im Flug scheint er an mir vorbei gerast zu sein! Schön war er, nicht wahr? Doch was heißt war! Werde ja weiterhin mit Dir Deinen Geburtstag verleben! Schließlich habe ich doch für unsere Feier etwas zu trinken mitgebracht! Also, mein Lieber, dann zum Wohl!"

Und dann steht sie auf, senkt den Kopf, stochert mit den Füßen über den Weg und tastet sich an den Bäumen vorbei zur Buche hin – zu „ihm".

Sie möchte jetzt ganz nah bei „ihm" sein – an seiner Seite ihre Seele „baumeln" lassen. Eng lehnt sie sich an den Baumstamm und schließt dann die Augen. Leise haucht sie in ihm hinein:" Ich bleibe bei Dir!"

Lange verweilt sie dort und bleibt fast regungslos stehen. Der Versuch, ihre Arme um „sein Grabmal" zu schlingen, mißlingt. Sie weint, wobei die Feuchtigkeit ihrer Augen das harte Holz bewässert. Ein endloser Strom von Tränen fließt hinab zu „ihm". Würde ein Jeder diese Demut sehen, sie könnten glauben, die Frau möchte dem Mann unbedingt seine letzte Ruhe festhalten. Und der Ausspruch träfe voll die Wahrhaftigkeit:' Eine unendliche Hingabe zu ihrem Liebsten und das inmitten dieser ach so eiskalten Abendstunde!'

„Schieter, ich gehe jetzt zu „Deiner" Bank und lege mich zu Dir! Möchte zum letzten Mal noch mit Dir diesen wundervollen Tag begehen! Wir Beide werden uns bald wiedersehen! Mein Versprechen darauf und mein größter Wunsch!"

Die Geschenke stellt sie am „Fußende" zusammen und benutzt sogleich die besagte Reklametasche als Unterlage für ihren grauhaarigen Kopf. Den kleinen Körper streckt sie lang auf „seine" Bank aus. Und mit dem „Gute Nacht, mein Lieber" bekommt sie nicht mehr mit, wie eiskalt ihre Glieder doch schon geworden sind.

Der junge Förster findet sie am nächsten Morgen. Er sieht die sauber geordneten „Geschenke" und betrachtet dann ihre angewinkelten Beine. In der Nacht hatte es geschneit und sie liegt, wie in einem Leichentuch eingebettet, vor ihm. In ihrem Gesicht zeichnet sich der Frieden ab und im Mundwinkel vernimmt er ein feines Schmunzeln.

„Nun Mütterchen, jetzt wirst Du endlich wieder nach langer Reise mit ihm vereint sein!"

⌘⌘⌘

In das Alter gekommen

Hallo Freunde!
Wißt Ihr, warum wir hier heute Abend zusammen gekommen sind?
Richtig, weil Ihr <u>seine</u> Freunde seid! Viele von Euch sind schon seit
Jahren mit ihm den gleichen Weg gegangen!

Also ....., ehrlich gesagt; Ihr seid wirklich herzlich willkommen! Ebenso
von mir, da ich ja auch etliche von Euch kenne! Allerdings ....., nun ja, in
meinem gehobenen Alter ....., mehr die Männer!

Aber <u>er</u>? Sieht er nicht knorke aus? --- Applaus ---! Genau!
Jung und knackig – oder? --- Applaus ---! Genau!

Man glaubt es schon, wenn er sich so weich in den Hüften wiegt. Die
Mädels? Na klar doch! Oh Mann – oh -- Mann! Blicke haben die dann!
Na ja, wie gesagt -- bei dem Body! --- Applaus ---! Genau!

Und damals? In diesem Land vor unendlich langen Jahren? Ja doch! Da
war er schon so beweglich. Ich meine, heute übersteigt es ja meine
Vorstellungskraft, wenn ich daran denke, daß jener junge Mann einmal in
seinem Heimatverein einen „Striptease hinlegte". Einige von Euch sollen
ja ganz schön ausgeflippt sein! Nun gut, verlassen wir die Vergangenheit
und „Schwamm drüber". Obwohl ich mir heute die Frage stellen muß:
'Bringt er das heute auch noch?' Na, was meint Ihr? Euer Urteil? Wie?
Hören wir das auch phonetisch? --- Applaus ---! Genau!

Versetzen wir uns doch gemeinsam in die Gegenwart und lauschen jetzt
einer fiktiven Geschichte:

Ich sitze ganz gemütlich an der Außenmühle und „lutsche" eine Stange
Bier weg, als plötzlich ein dumpfes Grollen den Gastraum durchdringt.
Mein teures Getränk „schwappt" über und ein Dröhnen folgt wie eine
Herde Büffel bei einer Stampede. Tatsächlich! Er ist es, der da mit einer
Rotte von seinem über alles geliebten Fußballverein vorbei donnert.
Gerade noch erkenne ich sein durchgeschwitztes Trikot mit den roten
Lettern „Trainer" darauf. Und dann höre ich ihn auch schon in der Ferne
schreien:" Sonntag haben wir ein schweres Spiel! Also haut rein!"

Freunde, Ihr braucht aber keine Angst haben! Ich glaube nicht, daß der Jubilar noch heute Abend einige Übungen zur Lockerung der Muskulatur trainieren wird! Das fällt bestimmt aus! Ihr könnt also ruhig weiter essen und trinken! Obwohl ..... ! Hmh ..... ! Zu später Stunde vielleicht?

Wenn Ihr also meinen Gedanken gefolgt seid, dann merkt Ihr schon, was für eine Sportskanone Euch umgibt! Seid also auf Zack, wenn das „alte" Geburtstagskind auf der Tanzfläche um Euch herum wirbelt!

Wobei ..... , ich denke gerade so an seine Zukunft! Auch ihm wird das Resultat der Alterung nicht erspart bleiben! Also lauscht meinen Worten:

>Nun ja, etwas grau und kahl,
>ach je, die Jugend war einmal!
>Doch was nützt all das Gewimmer,
>kommt es doch noch schlimmer!
>Haare wachsen aus den Ohren;
>der Geruchssinn geht verloren!
>
>Dabei hast Du noch zu kämpfen,
>um den Nasensaft zu dämpfen!
>Der sich an der Spitze hat gesammelt
>und als Tropfen `runter bammelt!
>Flach und trübe liegt die Pupille,
>trotz der scharf geschliffenen Brille!
>
>Du bekommst Parodontose,
>Deine Zähne werden lose!
>Schmerzhaft wie sie gekommen,
>werden sie Dir wieder genommen!
>Und das künstliche Gebiß,
>ist ab sofort Dein Hindernis!
>
>Ignoriere Deine Nierenschmerzen
>und das starke Klopfen am Herzen!
>Der Magen, dieser blöde Hund,
>ist auch keinesfalls gesund!
>Unten wird die Bauchwand faltig
>und der Urin schon zuckerhaltig!

Der Popo, einst straff und rund,
leidet stark an Muskelschwund!
Und wenn Dir ein Wind entfleucht,
wird Dir gleich das Hemde feucht!
Des Mastdarms tolle Falten
können kaum den Stuhlgang halten!

Oftmals stören Deinen Frieden
Walnuß große Hämorrhoiden!
Die Wünschelrute als gekrümmter Schlauch,
hängt Dir unterm faltenreichen Bauch!
Nur zum Pinkel lediglich
dient der Schnippeldillerich!

Der ist an dieser Stelle
wirklich keine Freudenquelle!
Die holde Weiblichkeit wittert das Leid
und weiß natürlich sofort Bescheid!
Trotz alledem, alter Knabe,
bringe ich Dir dies als gute Gabe!

Ich wünsche Dir im neuen Lebensjahr;
Dein Urin sei wieder klar!
Alle Glieder sollen sich straffen
und klettern sollst Du wie die Affen!
Meinetwegen kannst Du Playboy werden
und das viele Jahre noch auf Erden!

Schonungslos komme ich nun zum Schluß:
„Werde bloß nicht sittsam, nur weil Du mußt!
In diesem Sinne,
hinein in die Rinne!
Herzlichen Glückwunsch, mein Alter,
von Deinem Vater!"

Lachen in der Hasenschule

„Hoppel – di – Poppel, sag mal, was hast Du nun wieder in der „Unteren Hasen – und Kaninchen – Schule" angestellt?"

„Ich? Aber Mama Langohr, ... ich? Keine Ahnung, wovon Du sprichst!"

„Nun, heute Morgen habe ich eine Nachricht, geschrieben auf blauem Kohlblatt, vom Sekretariat durch Langläufer Hoppelmann erhalten!"

„ Heh ..... ? Eh ..... , ach nee! Na und? ..... Und, und was stand drin?"

„Daß ich am morgigen Tag um 8 Uhr bei Rektor von der Hoppelwiese vorgeladen bin! Mehr steht da nicht!"

„Mama Langohr, gehst Du denn da hin?"

„Nein, nein, ich kann doch gar nicht; muß doch zum Dienst! Gestern erst am späten Nachmittag wurden uns die Karottenwürfel von der „Spedition Kiepenhoppel" in unseren „Spectralbau" angeliefert! Deswegen muß ich so früh da sein!"

„ .... Eh, ach weißt Du Mama, so wichtig ist das auch nicht! Ich kann ja zum Rektor gehen und es ihm sagen, daß Du nicht dem Bau fernbleiben kannst!"

„Ach nein Hoppel – di – Poppel, daß möchte ich aber nicht, daß Du ihm meinetwegen absagen mußt! Ich werde es Papa Schlitzohr in aller Ruhe erzählen und dann muß er eben mal einspringen!"

„ ..... Heh? Schluck, schnief, ... Papa Schlitz ..... ? Du, ... eh, ich meine, der Brief ist doch an Dich gerichtet, nicht wahr? Ja? Siehste, dann hat Papa doch gar nichts damit zu tun? Oder sehe ich das falsch, Mama?"

„Nun, ... hmh, ich glaube fast, da scheint doch etwas mehr passiert zu sein? Allein habe nicht nur ich ein ungutes Gefühl! Na, Filius?"

„Ehh, ... ich weiß nicht, warum da nicht mehr auf dem Blatt stand?"

„Ach nein, das paßt mir überhaupt nicht in den Kram! Meine Güte aber auch! Ausgerechnet jetzt haben wir so viel im „Hoppeler Mühlenbetrieb" zu tun! Warum haben wir denn bloß ein blaues Blatt von der Schule bekommen?"

„Nun, Papa Schlitzohr, ich vermute mal, daß unser Hoppel – di – Poppel vielleicht etwas „ausgefressen" hat! Na ja, wirst ja sehen! Lange dauert das Gespräch bestimmt nicht! Aber ich kann Dir wirklich nicht den Weg abnehmen!"

„Und Du weißt von allem nichts?"

„..... Ne ....., eh , nein, nat ..... ürlich nicht, Pa ..... pa!"

Ein kalter Wind pfiff Papa Schlitzohr um seine Löffel, als er den warmen Bau unter dem Acker verließ. So hoppelte er eiligst zur alten Dorfschule hin und sprang behende durch das hölzerne Tor hindurch. Schnaubend betrat er das Sekretariat:" Ich bin der Vater von Hoppel – di – Poppel und möchte den Herrn Rektor sprechen!"

„Ja, kommen Sie bitte hier durch die Pforte! Herr von der Hoppelwiese, Ihr Besuch!"

„Aha! Jawohl, Sie kommen wegen Ihres Sohnes, nicht wahr?"

„Jaja; ist denn was vorgefallen oder hat er Dummheiten gemacht?"

„Naja, so genau würde ich das nicht beurteilen! Jedoch müssen wir ihm einen kleinen Verweis erteilen!"

„Aaach! Und ..... ? Sie machen mich perplex! Wofür denn?"

„Naja, in meiner Deutschstunde hatten die Hasilein die Aufgabe, in ihren Heften die Schönschrift zu üben! Und das mit den Worten:

Ich muß schön schreiben!"

„Und was ist geschehen?"

„Der Hoppel – di – Poppel und der Hoppel Paule störten den Unterricht, indem sie ununterbrochen lachten! Nach mehreren Hinweisen auf ihre Unart meinerseits, gab ich Beiden, nachdem sie nicht damit aufhörten, den Auftrag diesen einen Satz

‚Ich muß schön schreiben'

in ihren Schulheften „hundert Mal" zu schreiben! Und dazu sagte ich den Beiden:‚ Da Ihr es in dieser Unterrichtsstunde nicht schaffen werdet, schreibt es bei Euch im Hause zu Ende!'

„Aha! Finde ich sehr gut! So weit ist ja fast alles in Ordnung! Aber was kam dann?"

„Der Hoppel Paule legte mir den nächsten Tag sein Hausheft auf mein Pult! Ich kontrollierte die Arbeit und fand sie angemessen! Von Ihrem Sohn aber war der vorgegebene Satz regelrecht „verschandelt" worden!"

„Ach wirklich? Was stand denn in seinem Heft drin?"

„Er hatte ganz einfach diesen einen einzigen Satz, allerdings sauber und sehr schön anzusehen, wortwörtlich notiert:

‚Hundert Mal!'

⌘⌘⌘⌘⌘

Aufgeschnappt

1. An einem frühen Abend vernimmt Mama Langohr im Hasenbau ein Geräusch. Vorsichtig hoppelt sie in die vermeintliche Richtung und öffnet den Verschlag zu ihrer mit Heu ausstaffierten Liegestatt. Ein Rascheln läßt sie erschrecken. Sie beugt ihre Läufe und dann sieht sie ihr Hasenkind auf dem Fußboden liegen:" Huch! Was machst Du denn da, Hoppel – di – Poppel?"

„Ich ....., ich schau doch nur, wie breit das hier ist!"

„Wie? Was soll denn breit sein?"

„Der Platz hier!"

„Meinst Du die Lücke zwischen unserem Schlaflager?"

„Ja!"

„Und dafür liegst Du auf der Erde?"

„Ja, so kann ich doch vorweg schon einmal Probe liegen!"

„Aha, ich verstehe! Aber wofür ist dieses Theater?"

Die Antwort des Sechsjährigen verblüfft sie allemal:„ Mein schmales Strohbett kann dann zwischen Deinem und Papa Schlitzohr seinem Lager stehen! Dann sind wir auch nachts ganz dicht beieinander! Das wäre doch Klasse, nicht wahr?"

2. „Sag mal Mutti, wenn Du Deine Lippen auf Papa seinen Mund drückst; nach was schmeckt das dann?"

„Heh? Du stellst vielleicht Fragen, mein Junge! Wie kommst Du denn darauf?"

„Na ja, es ist so; die Karla hat mich geküßt und danach zu mir gesagt: Du schmeckst ja nach Erdbeere!"

„Aha! Und Du? Was hast Du ihr geantwortet?"

„Ich habe gesagt: Weißt Du nach was Du schmeckst? Nach nichts!"

„Oh, das war aber nicht nett von Dir!"

„Sie wollte ja nicht hören! Warum nimmt sie auch den Schnuller; statt das Stück Erdbeerkuchen!"

3. „Du hättest doch den Ball ins Tor schießen können, Junior!"

„Ging doch nicht! Der hat mich doch „gewubbt"!"

„Was heißt „gewubbt"?"

„O Mann, das ist doch so: Wenn ich vorm „Kasten" stehe, die „Pille" hinein schießen will und mein Gegenspieler „wubbt" mich; dann falle ich doch hin und es wird kein Tor! Siehste; dann heißt das „gewubbt"!"

Freude

Es ist heute Dienstag, der dritte Tag im August des Jahres 2010!
An diesem Tag habe ich erfahren,
daß meine Schwiegertochter
einen Jungen in sich trägt!
Beiden wünsche ich nicht nur in diesen Tagen
alles erdenklich Gute und eine bleibende Gesundheit!

Ich bin in freudiger Erwartung auf mein Enkelkind
und hoffe, daß es in der Mutter gedeihen möge
– zu aller Freude und Glückseligkeit -- !
Stolz erfüllt mein Herz
und ewiger Dank Dir gegenüber!
Denn Du hast mir mit ihm einen großen Traum erfüllt!

Genieße diese Tage, wie nur eine werdende Mutter sie erleben kann
und freue Dich mit jeder Faser Deines jungen Lebens!
Einen dicken Drücker für Dich
und ein zärtliches Streicheln über Deinen Jungen!

Dein Freund und sein Opa!

Ein Geschenk

Es ist heute Dienstag, der dritte Tag im August des Jahres 2010!
An diesem Tag habe ich erfahren,
daß Du einen Jungen gezeugt hast!
Mit einer hübschen Frau,
die Dich von ganzem Herzen liebt
und die Deinen Sohn austragen wird!

Es ist nicht unbedingt selbstverständlich
in dieser gefühllosen Zeit!
Deshalb solltest Du diese Mutter ehren,
mit Respekt behandeln und verständnisvoll umsorgen!
Denke immer daran,
daß sie Dein Kind auch für Dich in Schmerzen gebären wird!

Selbst eine grenzenlose Liebe
kann nicht von Dauer sein,
wenn man sie über die Maßen strapaziert!
Glaube mir, ich möchte nicht,
daß ein fremder Mann mein Enkelkind großzieht!

Auf jeden Fall möchte ich Dir dafür danken,
daß Du mir doch noch einen Enkel geschenkt hast!
Euch Dreien erhoffe ich für das weitere Beisammensein
viel Erfolg, Gesundheit und Glück!
Dein Dich liebender „Daddy" und sein Opa!

Hallo Kleiner!

Eine sehr lange Zeit mußten wir auf Dich warten! Es sind ja nicht nur die neun Monate bis zu Deiner „Erlösung" aus der lieben Mutter Bauch, die die Natur für uns Alle als Spannung bereit hält! Oh bei weitem nicht!

Bedenkt man des langen Zusammenseins Deiner Eltern, und trotz ihrer Liebe doch in einer kinderlosen Zeit, so erleben sie jetzt durch Dich ihr größtes Glück! Und so vervollständigst Du als ihr Kind dieses Sigel einer innigen Zweisamkeit!

PASCAL

Wir selbst sahen die vergangenen Jahre ohne Dich als Verschwendung an! Denn auch wir saßen wie auf „Kohlen" und warteten sehnsüchtig auf Dich! Obwohl wir wissen, daß das Leben für uns kein Wunschkonzert bereit hält! Doch Eines stand für uns immer fest; und so glaubten wir auch stets daran, daß von zwei jungen Liebenden nur ein Gewinn resultieren kann! Und der hat sich mit Deinem Zuwachs bestätigt – als die unermeßlich reiche Erfüllung zu einer kleinen Familie!

Du wirst der Hoffnungsträger für eine glückliche Zukunft sein! Um dieses Ziel zu erreichen; dafür wünschen wir Dir nicht nur Gesundheit, sondern auch ein friedvolles Gemüt und darüber hinaus eine herzensgute Seele! Dann wirst Du unser ganzer Stolz bleiben!

Deine Großeltern!

Persönliches vom Autor

Der Autor ist im Jahr 1942 in Hannover – Kleefeld geboren. Nach Realschule und Lehre folgen Stationen in Lüneburg, Scharnebeck, Winsen / Luhe und Fleestedt. Bedingt durch Beruf, Bundeswehr und Heirat mit Ehefrau Ingrid.

Mit ihr ist er seit 44 Jahren verheiratet und es gehören mittlerweile drei Kinder, vier Enkelkinder und drei Urenkelkinder zu ihnen. Beide sind sie seit einigen Jahren in Rente.

Die schriftstellerische Tätigkeit begann als Hobby im Jahr 1974. Bis zum heutigen Zeitpunkt sind die Biographie „Ein Leben im Sport des Horst Hoffmann", zwei Gedichtbände, sieben Bücher „Kurze Geschichten" und die Romane „Krisenjahre" und „Unruhiges Blut" erschienen.

Ein dritter Gedichtband und der dritte Roman „Erfüllung", Teil einer Trilogie, sind in Arbeit. Mit diesem „Teil 8" endet die Reihe „Kurze Geschichten".

Meckelfeld, den 6. September 2011   Horst Heine

⌘⌘⌘

Die Rückseite zeigt das heutige Bad Ems vom linksseitigen Ufer der Lahn aus gesehen.

Aufgenommen vom Concordiaturm.